GEORG HADDENBACH

Der gesellige
SKORPION

FALKEN

Inhalt

Mars und Pluto mischen mit

In diesem Buch ist alles über die Menschen zu finden, die zwischen dem 24. Oktober und 22. November geboren wurden, wenn die Sonne das Tierkreiszeichen Skorpion durchläuft und rauhe Winde über das Land jagen, die die letzten Blätter von den Laubbäumen fegen. Menschen, die in dieser Zeit Geburtstag haben, sind hart im Geben, aber ebenso hart im Nehmen. Es sind Kämpfertypen, die nur schwer aus der Bahn zu bringen sind. Eine Niederlage können sie kaum verwinden: Irgendwann fordern sie Revanche und werden dann siegreich sein.

Ihre Geduld scheint grenzenlos zu sein, in Wahrheit warten sie aber nur auf ihre Chance, Neues durchzusetzen und Altes abzubauen. Mit viel Energie stemmen sie sich gegen vermeintliche Gegner und widrige Umstände, Gewalt liegt dann in ihren Augen: Ihr Blick kann Feinde lähmen. Und doch sind die im Tierkreiszeichen Skorpion Geborenen fröhliche, dem Leben zugewandte, gesellige Leute und, solange man sie nicht enttäuscht, liebevolle Partner mit dem Herz auf dem rechten Fleck.

Der Tierkreis ist die Bahn, die Sonne, Mond, Planeten und alle anderen Himmelskörper ziehen – allerdings vom Auge des Betrachters auf der Erde aus gesehen, dem es erscheint, als ob sie unseren Planeten umrunden würden. Wir wissen natürlich, daß zum Beispiel die Sonne einmal jährlich von der Erde umkreist wird und daß sich die Erde einmal täglich um ihre eigene Achse dreht. Dieses Wissen ist aber nicht deckungsgleich mit dem, was der Beobachter des Sternenhimmels von seinem Standpunkt auf der Erde aus wahrnimmt.

Der Ort – irgendwo auf der Welt –, von dem aus ein Mensch das Himmelszelt betrachtet, ist für ihn ein Fixpunkt, von dem aus er Sonne, Mond und Planeten scheinbar von Osten nach Westen wan-

Der Mars beherrscht zusammen mit Pluto das Skorpion-Zeichen.

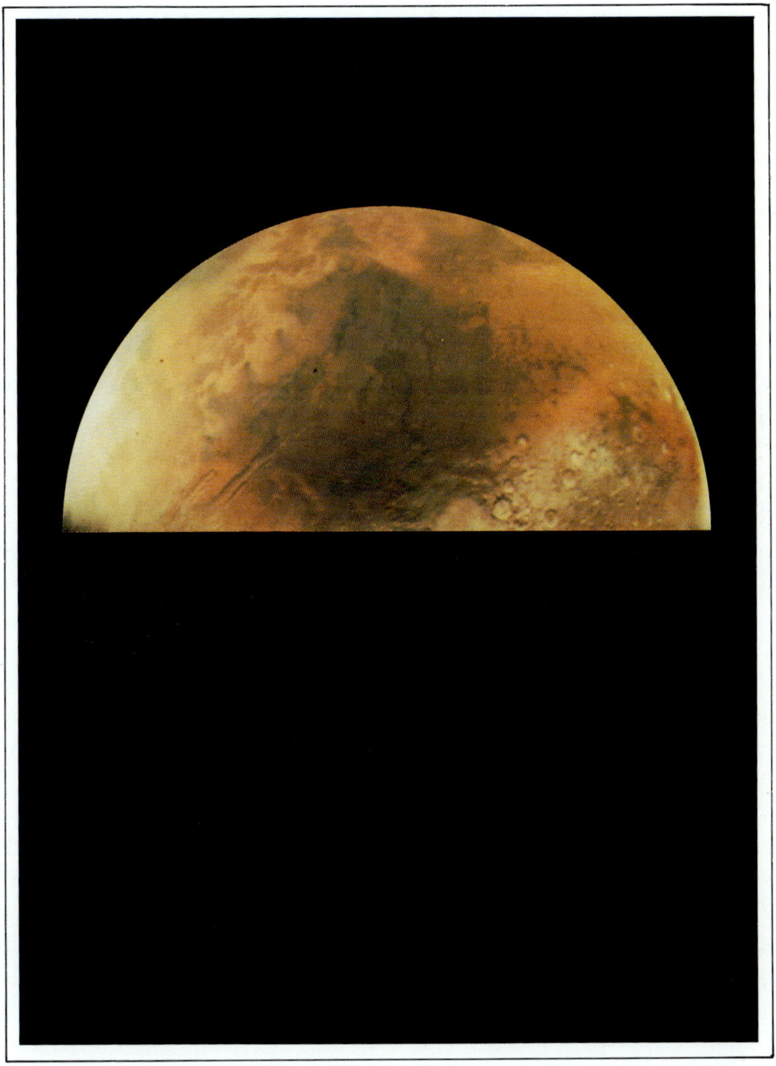

dern sieht. Diese Himmelskörper formen, astrologisch gedeutet, neben seinem Tierkreiszeichen und dem in der Minute seiner Geburt gerade im Osten aufgehenden Sternzeichen, dem Aszendenten, seinen Charakter und beeinflussen mehr oder weniger stark sein ganzes Leben. Die Bahn, die die Sonne im Laufe eines Jahres am Himmel von Osten nach Westen scheinbar beschreibt, ist der größte Kreis am Himmelsgewölbe. Jeder Kreis hat 360 Grad, auch dieser, den wir astrologisch Ekliptik nennen und der seit Jahrtausenden in zwölf etwa gleiche Abschnitte von zirka 30 Grad aufgeteilt wird – in die zwölf Tierkreiszeichen.

Der achte dieser Abschnitte beginnt mit dem Skorpion-Zeichen, wenn sich in den nördlichen Breiten bereits der Winter ankündigt. Dieses Zeichen entspricht dem auffälligen Sternbild am südlichen Nachthimmel, das in Mitteleuropa nicht vollständig zu sehen ist. Hauptstern ist der rötliche Antares, der etwa 560 Lichtjahre von der Erde entfernt ist und – wie es Astronomen errechnet haben – den 740fachen Sonnendurchmesser hat. Pluto und Mars sind nach astrologischer Ansicht die Planetenbeherrscher des Skorpion-Zeichens, Uranus ist in ihm erhöht, das heißt besonders wirksam; Sonne und Venus sind ihm zugesellt.

Der Planet Pluto wurde erst im Jahr 1930 aufgrund der Berechnungen über die Störungen der Umlaufbahnen von Uranus und Neptun entdeckt. Über seine astrologische Wirkung gibt es bisher nur sehr vage Erkenntnisse. Die meisten Astrologen stimmen jedoch darin überein, daß dieser Planet im Skorpion-Zeichen den Fanatismus und eine damit verbundene stete Rücksichtslosigkeit bewirkt, aber auch eine Verfeinerung der Sinne und suggestiven Einfluß des Skorpion-Geborenen auf seine Umwelt fördert.

Der zweite Beherrscher des Zeichens, der rote Planet Mars, setzt die Akzente im Triebleben eines Skorpion-Menschen, der seine Ziele bedenkenlos verfolgt, wobei er recht eifersüchtig über seinen Vorteil wacht. Unter dem Einfluß von Mars macht freilich auch übereiltes

Handeln die besten Pläne zunichte, wobei oft zuviel Kraft vergeudet wird, was sich in übler Laune und selbstsüchtigem Beharren auf dem eigenen Standpunkt ausdrücken kann.

Uranus ist im Skorpion erhöht, das heißt, er hat dort seine stärkste Wirkung. Leidenschaftlich setzen sich die von ihm beeinflußten Menschen für Ideale ein – Kampf ist für sie das halbe Leben. Das beschwört natürlich Gefahren herauf, die manch gutes Wollen in eine Sackgasse führen.

Die Sonne ist das große Himmelslicht, das auch dem Skorpion positive Kräfte verleiht. Diese schlagen sich in dem Solarhoroskop nieder, das Grundlage für die Charakterzeichnung dieses Typs ist. Die Sonne fördert die triebhaften Reaktionen und verleiht dem Skorpion-Menschen eine Energie, die Berge versetzen kann.

Der Planet Venus betont im Skorpion die Sinnlichkeit. Das andere Geschlecht übt eine starke Anziehungskraft auf den Skorpion aus. Liebe und Sex sind von Besitzanspruch geprägt. Auch die Eifersuchtsgefühle der Skorpione sollen von der Venus herrühren.

Wer diese so temperamentvollen Skorpion-Menschen richtig kennenlernen möchte, sollte dieses Buch lesen, das gleichzeitig auch alle unter dem Skorpion-Zeichen Geborenen zur Selbsterkenntnis anregen will. Die Bilder, die den Texten beigestellt sind, beziehen sich auf den Skorpion-Geborenen: Die abgebildeten Blumen, Nutz- und Heilpflanzen ebenso wie die Tiere und glücksbringenden Edelsteinen werden seit alters dem Tierkreiszeichen Skorpion zugeordnet.

Der Giftstachel blieb stumpf

Der Name des Tierkreiszeichens Skorpion ist aus babylonischen Quellen bekannt. In der griechischen Mythologie wird geschildert, wie es an den Himmel kam. Danach gab die Jagdgöttin Artemis einem Skorpion den Auftrag, den Wildschütz Orion zu töten.

Der schöne Jüngling von riesenhaftem Wuchs war der Sohn des Meeresgottes Poseidon. Als genialer Jäger befreite er angeblich die griechische Insel Chios im Ägäischen Meer von wilden Tieren, weil er die Tochter des dortigen Königs für sich gewinnen wollte. Orion wurde jedoch zum Dank für seine Hilfsbereitschaft von dem König geblendet, weil dieser den wilden Lebenswandel des kühnen Jägers mißbilligte. Orion schreckte der Legende nach selbst vor einer Vergewaltigung nicht zurück, wenn er sich eine Frau gefügig machen wollte. Der Sonnengott Helios jedoch gab Orion das Augenlicht zurück, weil seine Schwester Eos, die Göttin der Morgenröte, sich leidenschaftlich in den Wildschütz verliebt hatte. Kurz darauf entführte sie ihn, was den Zorn der anderen olympischen Göttinnen heraufbeschwor. Sie waren eifersüchtig und gönnten den hübschen Mann nicht der Frühaufsteherin Eos.

Vor allem Artemis, die Göttin der Jagd und damit Orions »Kollegin«, war zornig, glaubte sie doch, der Wildschütz habe sich einige Zeit zuvor an ihr selbst, zumindest aber an einer ihrer hübschen Nymphen vergreifen wollen. Das hätte sie vielleicht noch verziehen. Als sie aber von Orions Liebesaffäre mit Eos erfuhr, beschloß sie den Tod des wilden Jägers.

Artemis sandte einen Skorpion aus, der Orion mit seinem Giftstachel töten sollte. Als der Jäger jedoch überlebte, griff Artemis selbst zu Pfeil und Bogen. Der Skorpion wurde zur Strafe an den Himmel gesetzt. Dort jagt er bis auf den heutigen Tag vergeblich den ebenfalls ans Firmament versetzten Orion, der ihm gerade gegenüber durch die Zeit wandert.

Nach einer anderen Sage tötete der Skorpion den Wildschütz doch und wurde zur Belohnung als Sternbild verewigt. Nun mag sich jeder aussuchen, welche Version die richtige ist.

Artemis gab einem Skorpion den Auftrag, den schönen, aber gewalttätigen Wildschütz Orion zu töten.

Der Skorpion ist ein krebsähnliches Spinnentier mit zwei Scheitel-
und mehreren Nebenaugen, kräftigen Scheren und einem Hinter-
leib, der in einem Giftstachel endet. Der Stich mancher Skorpion-
arten verursacht beim Menschen Lähmung, Ohnmacht oder gar den
Tod. Diese Tiere tun freilich niemandem etwas zuleide, solange sie
sich nicht angegriffen fühlen. Auch die vom 24. Oktober bis 22. November geborenen Skorpion-Menschen haben nie Arges im Sinn,
wenn man sie in Frieden leben läßt. Sie sind allerdings sehr argwöh-
nisch und suchen so lange, bis sie irgend etwas gefunden haben, das
ihnen den Beweis liefert, der zum Kampf ruft. Der Skorpion-
Mensch kann von einem Augenblick zum anderen böse werden und
jeden vermeintlichen Gegner mit seiner Angriffslust lähmen.

*Wie das krebsähnliche Spinnentier haben Skorpion-Menschen nie Arges
im Sinn; aber wehe dem, der sie angreift.*

14

Man sieht diesen Menschen nicht an, wieviel Glut und Kraft in ihnen stecken. Nach außen hin wirken sie ruhig und bleiben auch dann noch gelassen, wenn andere längst die Beherrschung verloren haben. In prekären Situationen versuchen sie erstmal, sich eine Meinung zu bilden. Ihre Gefaßtheit und ihr Selbstbewußtsein sind bewundernswert. Sie verdecken damit den Vulkan, der in ihrem Innern brodelt. Nur manchmal bricht es mit elementarer Wucht aus ihnen hervor. Dann können sie alles um sich herum niederwalzen.

Zu den schönsten Charaktereigenschaften dieses so widersprüchlichen Menschentyps gehört seine Loyalität gegenüber Freunden: Für sie ginge er durchs Feuer.

Skorpion-Menschen sind von robuster Gesundheit, nur ihre Unterleibsorgane machen ihnen manchmal Kummer. Verletzungsgefahr besteht durch ihr ungestümes Wesen, das ihr kämpferischer »Patenonkel« Mars ständig aufheizt, wobei Pluto ihn noch unterstützt, der zur Brachialgewalt des roten Planeten psychische Kräfte beimischt. Grau wie das Wetter im zweiten Herbstmonat ist neben Schwarz die Farbe der Skorpion-Menschen, die zu einem festen, weiblichen Zeichen gehören, dessen Element das Wasser ist. Es gibt den Mars- und Pluto-Schützlingen jene übersprudelnde Fröhlichkeit im Umgang mit ihren Mitmenschen, bis diese den Stachel spüren, den jeder Skorpion-Typ verdeckt bereithält.

So sind die Skorpion-Menschen

In diesem vom Mars betonten Zeichen liebt man den Kampf. Man wirkt aber eher aus dem Hintergrund und stößt daraus erst hervor, wenn der Gegner sich eine Blöße gibt. Jeder Skorpion-Mensch besteht eigensinnig auf seinem vermeintlichen Recht. Er ist zuvorkommend und höflich, bis ihn jemand enttäuscht, worauf dieser dann irgendwann die Rache des Skorpions zu spüren bekommt.

Die Mars- und Pluto-Schützlinge sind leider etwas nachtragend und können hassen wie sonst keiner im Tierkreis. Bei gerechter und freundlicher Behandlung zeigen sich diese Charakterschwächen jedoch selten.

Sein Leben plant der Skorpion-Mensch vorzüglich. Er weiß, wie er sich ohne große Kraftanstrengung ein ausreichendes Einkommen sichern kann. Er besitzt viel Ehrgeiz, auch wenn er nicht immer gleich in die Schaltzentralen der Macht drängt. Verantwortung trägt er nicht allzu gern. Probleme löst er mit viel Sinn fürs Einfache. Er erkennt leicht die Schwächen eines Gegners und nutzt sie für sich aus. Mit Gedankenschärfe erfaßt er oft unbewußt den Kern einer Sache und vertritt seine Ansichten mit Vehemenz.

Skorpion-Menschen sind als Langsamstarter bekannt. Sie lassen sich stets Zeit zum Überlegen. Lebenserfahrene Skorpione spielen gern die Schweigsamen, um nicht durch ihr aggressives und wenig diplomatisches Wesen etwas falsch zu machen.

Alle Skorpion-Geborenen interessieren sich für das Geheimnisvolle, das hinter den Dingen steckt, und versuchen stets, Unbekanntes zu erforschen.

Die Skorpion-Frau: liebenswerte »Hexe« mit Sexappeal

Zahlreiche Skorpion-Frauen müßten an den Pranger, gäbe es heute noch Hexenverfolgungen. Ihre glühenden Blicke versprechen erotisches Feuer. Diesen Frauen entgeht nichts. Schon ein Skorpion-Mädchen ist neugierig, all das kennenzulernen, was ihr die Eltern möglicherweise verschweigen. Elfengleich schleicht es sich in das

Skorpion-Menschen verbergen ihr weiches Herz gern unter einer harten Schale und ähneln darin den Früchten der Kokospalme.

17

Herz eines Mannes, der wie verhext alles tut, was es will, wenn er zum erstenmal in seine feurigen Augen sieht.

Die Skorpion-Frau bevorzugt »gestandene Mannsbilder«; wer jedoch meint, jede Frau sei für ihn zu haben, ist bei ihr chancenlos. Die Skorpionin hat Sex-Appeal und ist fröhlich dem Leben zugewandt, aber sie läßt sich nicht so leicht erobern. Eher verführt sie selbst den Mann, für den sie sich interessiert.

In jungen Jahren tendieren erstaunlich viele Frauen aus dem Mars-Zeichen zu Männern reiferen Alters, bei denen sie in die Lehre gehen können. Manchmal bleiben solche Verbindungen bestehen, denn die älteren Herren sind laut Statistik treu – was dem Besitzanspruch der Skorpion-Frau entgegenkommt. Sie trennt sich nur ungern von ihrem zweibeinigen »Eigentum«.

Trotzdem kann es bei der Beziehung mit einer Skorpionin zu schweren Konflikten kommen. Meist trägt jedoch der Partner die Hauptschuld, weil er mit einer dermaßen temperamentvollen Frau nicht umgehen konnte.

Ganz ohne Fehl ist jedoch auch die Skorpionin nicht. Mit argwöhnischen Röntgenblicken versucht sie, die geheimsten Wünsche und Motive ihres Partners aufzudecken. Ihr Mißtrauen und ihre Eifersucht haben oft einen gehörigen Anteil an einer Trennung.

Frauen mit Erfahrungen

Mit der Zeit wird sich bei mancher Skorpion-Frau Liebelei an Liebelei oder – besser! – Erfahrung an Erfahrung reihen. Trotzdem wird sie immer wieder unbefangen und vorurteilsfrei an eine neue Beziehung herangehen, allerdings mit dem Hinweis, bei einem Wechsel zu neuen Ufern werde für sie das Alte im Strom der Zeit hinweggeschwemmt. Von ihren Erfahrungen wird der neue Partner sicherlich profitieren.

Wo immer die Skorpionin lernte und lehrte, liebte sie das »Schulungsobjekt«. Leider kommt es ihr möglicherweise wieder »abhanden« und muß durch ein neues ersetzt werden. Beim einen lag's vielleicht an der Potenz, beim anderen half der gefürchtete Giftstachel nach, ihn zu vergraulen.

Glücklich sollte sich der Mann schätzen, der an eine solche Frau gerät! Sie ist ein Naturtalent in Sachen Liebe und merkt, was ihren

In der Liebe gibt die Skorpion-Frau ihrem Partner manches Rätsel auf.
Beschauliche Stunden sind eher selten und kurz.

Partner in den siebten Himmel versetzt. Sie selbst, die soviel Verborgenes spürt, bleibt äußerst undurchsichtig und hat etwas Geheimnisvolles, das die Männer reizt.

Das mag alles so klingen, als habe eine Skorpion-Frau vor Jahrtausenden den ältesten Beruf der Welt erfunden, zumal die Skorpionin sehr geschäftstüchtig sein kann. Eine solche Behauptung steht aber auf recht wackeligen Beinen, zieht man die Eifersucht in Betracht,

Nach beschaulichen Stunden wird eine Skorpion-Frau ihren Partner stürmisch umarmen und sich auch von seinem eventuellen Widerstand nicht bremsen lassen.

von der sie beherrscht wird. Eifersucht bedeutet doch wohl, daß man auf den Partner, den man im Augenblick an seiner Seite hat, fixiert ist und ihn nicht verlieren will.

Vor allem ist die Skorpionin ein fröhliches Menschenkind, eine liebenswerte Frau, die für den, den sie liebt, durchs Feuer gehen wird. Ihr Partner sollte allerdings immer treu zu ihr stehen und einen guten Charakter haben.

Von Geheimnissen umgeben

Die Skorpion-Frau ist keinesfalls eine Nymphomanin, die Männer wie das Hemd wechselt. Sie ist treu, auch wenn der Mann, den sie erwählte, kleine Fehler aufweist. Aber sie wird ihm ein ewiges Rätsel bleiben. Obwohl sie sehr ehrlich und aufgeschlossen ist, wird sie nie irgendwem das Geheimnis ihres Lebens offenbaren. Wenn sie darüber Tagebuch führt, wird sie es vor jedermann verschließen. Wer es heimlich ergründen möchte, hat bei ihr verspielt.

Derjenige, den sich die Skorpion-Frau aus einer Schar von Verehrern auswählt, macht am besten gute Miene zum bösen Spiel, wenn sie sich auch weiterhin Flirts mit anderen Männern vorbehält. Er sollte jedoch nicht Gleiches mit Gleichem vergelten, denn sie ist in ihrer Eifersucht erbarmungslos.

Die Skorpionin hat meist eine Menge Verehrer und darum oft die Qual der Wahl. Entscheidet sie sich für den schönen Jüngling, der sich mit schmachtendem Blick nach ihr verzehrt? Oder für den adretten Kavalier, der ihr durch einen riesigen Blumenstrauß geschickt andeutet, was er von ihr will? Mögen sich beide gedulden und abwarten, bis die Elfe, die alle Männer verzaubert, die Wahl für einen von ihnen trifft.

Wie sieht denn eigentlich der ideale Mann einer Skorpion-Frau aus? Zunächst einmal sollte er ganz unverbindlich mit ihr flirten und kein

allzu starkes Interesse bekunden. Das weckt ihre Neugierde – die erste Station auf dem Weg zu ihrem Herzen.

Wer sich dort eingeschlichen hat, wird bei seiner Skorpion-Frau bald ein- und ausgehen. Sie ist unkompliziert und gibt nichts auf bürgerliche Vorurteile.

Der ideale Mann einer solchen Frau sollte treu und darüber hinaus männlich sein; eine große Leidenschaftlichkeit in der Liebe ist für ihn selbstverständlich, und Intelligenz gehört auch dazu. Eine Skorpion-Frau will zu einem Mann aufschauen; deshalb sollte er sich nicht zu ihrem Knecht machen lassen. Das wäre mit ihren Vorstellungen unvereinbar. Trotzdem ist eine Skorpionin stets bereit, kleine Fehler zu übersehen.

Die Aktive im Liebesspiel

Wer sich von einer Skorpion-Frau erobern läßt, braucht nicht lange zu warten, bis sie zärtlich wird. Er sollte sich daran gewöhnen, daß sie das Heft in die Hand nimmt und sagt, wo es lang gehen soll. Bei ihr ist alles erlaubt, was sie selbst erregt.

Mag sie in der Öffentlichkeit die Dame spielen, die sich fein und distinguiert gibt – bei dem Mann ihrer Wahl bricht neben viel Gefühl für die Gunst der Stunde das Triebhafte hervor. Oft wird sie die Aktive sein, die immer neue und phantasiereiche Variationen erfindet, um ihrer Lust zu frönen.

Dabei erwartet sie von ihrem Partner Kraft und Ausdauer sowie ein intensives Eingehen auf ihre Bedürfnisse. Wer dazu nicht bereit ist, sollte sich überlegen, ob er sich mit einer so leidenschaftlichen Frau

Sauer wie die ihrem Tierkreiszeichen zugeordnete Johannisbeere kann die Skorpion-Frau werden, wenn der Mann an ihrer Seite nicht die Gunst der Stunde nutzt.

einläßt. Der Einfallsreichtum einer Skorpion-Frau ist schier unermeßlich. Bei ihr ist der Weg zum sexuellen Höhepunkt leicht gefunden, das soll aber nicht heißen, daß Phantasielosigkeit der richtige Wegweiser zum Liebesglück wäre.

Keine andere Frau ist so leidenschaftlich und erfinderisch in Sachen Sex. Nach überlieferten astrologischen Erfahrungen sind ihre erogenen Zonen die Genitalien. Auch daraus mag sich ergeben, daß sie wenig von langen Vorbereitungen hält und die Zwischenspiele gern abkürzt. Vor ihren hohen Ansprüchen mußte schon mancher kapitulieren.

Es heißt, daß manche Männer, die eine Skorpionin liebten, danach eine Kur nötig hatten. Von anderen wird berichtet, daß sie sich als Eremiten zurückzogen, um in der Einsamkeit über die mißglückte Beziehung zu einer Skorpionin nachzudenken.

Dieses Bild der Skorpionin ist natürlich überzeichnet; denn in Wirklichkeit ist sie eine liebenswerte, herzensgute Kameradin, die sehr viel Verständnis für den Partner aufbringt. Sie ist unkompliziert und sehr anschmiegsam, kann eine gute Hausfrau und eine noch bessere Mutter sein. Ihr Mann wird immer der Mittelpunkt ihres Lebens sein – egal, wie sehr sie ihre Kinder liebt.

Nach Krach lustvoll versöhnt

Wer von einer solch temperamentvollen Skorpion-Frau erobert wurde, ist gut beraten, wenn er darüber hinwegsieht, wenn die ja auch marsbetonte Dame ihm ab und zu eine bühnenreife Szene macht: Ein Streit gehört für sie scheinbar zur Einstimmung auf eine

Die heißblütige Skorpion-Frau ist gewiß nicht prüde und weiß, wie man die Aufmerksamkeit des anderen Geschlechts fesselt. Wenn es sein muß, läßt sie sich auch etwas ganz Besonderes einfallen.

lustvolle Versöhnung. Gefahr ist nur im Verzug, wenn der Partner ein falsches Spiel mit ihr treibt und sie betrügt. Das wird sie ihm irgendwann einmal heimzahlen. Wahrscheinlicher aber sind die beiden geschiedene Leute.

Trotz ihres feurigen Temperaments bricht die Streitlust einer Skorpion-Frau in einer glücklichen Verbindung jedoch kaum hervor. Um des Friedens willen gibt sie auch einmal nach, selbst wenn ihr Temperament überzukochen scheint.

Selbstverständlich braucht es zum Glücklichsein mit der Skorpionin einen ausgeglichenen Charakter. Die guten Seiten einer Skorpion-Geborenen überwiegen aber bei weitem die negativen Aspekte.

Skorpion-Frauen legen sehr viel Wert auf gutes Aussehen, um sich und ihrem Partner zu gefallen. Hieraus erklärt sich die Vorliebe für teure Kosmetika und ausgefallene Kleidung. Das bringt ihr die nötige Bestätigung und Anerkennung.

So sehr die Skorpion-Frau sich nach einer Partnerschaft sehnt, so problemlos kann sie auch als Single leben. Es gibt viele Frauen aus dem vom Mars beherrschten Tierkreiszeichen, die es gut verstehen, auch allein das Leben zu meistern.

Partner, die sie liebt

Eine Skorpion-Frau schaut nicht nach dem Sternzeichen, wenn sie sich einen Mann erobert, mit dem sie ein Leben lang verbunden bleiben will. Sie kann jeden verhexen, der ihr gefällt. Partner, die sie liebt, kommen daher aus fast allen Tierkreiszeichen, aber natürlich hat sie auch ihre Lieblinge, mit denen sie – astrologisch gesehen – besonders gut harmoniert.

Eine Skorpion-Frau legt sehr viel Wert auf ein gutes Aussehen. Hieraus erklärt sich ihre Vorliebe für teure Kosmetika.

Der *Krebs*-Mann versinkt mit Wollust in seiner abgrundtiefen Seele und gewinnt aus der Triebhaftigkeit der Skorpion-Geborenen die Energie für seinen beruflichen Ehrgeiz. Er läßt sich von dieser so leidenschaftlichen Frau anregen und kann mit ihr in eine glückliche Zweisamkeit tauchen. Außerdem bringt die Skorpionin viel Verständnis dafür auf, wenn sich der Krebs hin und wieder in sein seelisches Schalenhaus zurückziehen möchte. Trotz oft wankelmütigem Verhalten und zeitweiligem Rückwärtsgang sehnt sich der Krebs-Mann immer nach Stabilität in der Liebe, und diese wird er mit Sicherheit bei seiner Skorpion-Eva erlangen.

Dem *Fische*-Mann stärkt die Skorpion-Frau das Rückgrat und damit sein Durchsetzungsvermögen im Beruf. Skorpionin und Fische-Mann passen hervorragend zusammen, wenn sie auch stets aufpassen muß, daß ihr Fisch nicht an eine andere Angel geht. Hat man sich erst einmal aneinander gewöhnt, werden in des Fischs Aquarium die Gefühle überschwappen, so daß die Skorpionin sich auf ein lebenslanges glückliches Miteinander freuen kann. Mit Sicherheit lernt sie bei ihrem Fische-Partner das Träumen.

Mit dem *Skorpion*-Mann gründet die Skorpion-Frau am besten eine Kampfgemeinschaft. In dieser Verbindung werden die beiderseits vorhandenen Giftstachel unter Verschluß gehalten und nur hervorgeholt, wenn jemand von außen ins traute Heim der beiden Sternengeschwister einbrechen möchte.

Lustig wird's, wenn sie miteinander um die Vorherrschaft im Bett kämpfen, vor allem deshalb, weil keiner von beiden Schwierigkeit mit der Potenz hat. Im Berufsleben stacheln sich die beiden Skorpione gegenseitig zu Höchstleistungen an.

Die Kritiklust des *Jungfrau*-Mannes könnte die Skorpionin zur Raserei bringen, doch imponiert ihr seine Gradlinigkeit. Läßt sie die

Gegen die rauhe Welt panzert sich ein Skorpion mit einer harten Schale.
Wer ihn näher kennt, wird darunter aber den weichen Kern entdecken.

Vernunft walten, unterwirft er sich ihr sogar und fügt sich ihren Wünschen. Mit dem Sachverstand des Jungfrau-Mannes können beide ihre materiellen Ziele verwirklichen und vor allem zu Wohlstand gelangen, den sich auch die Skorpion-Frau wünscht. In sexueller Hinsicht passen allerdings der ruhige Jungfrau-Mann und die temperamentvolle Skorpionin nicht so gut zusammen. Bei ihm werden die Gefühle vom Kopf diktiert – bei ihr vom Herzen.

Selbst mit dem etwas herrischen Mann aus dem *Löwe*-Zeichen kommt die Skorpion-Frau sehr gut zurecht. Sie schätzt an ihm sein Temperament und die liebevolle Art, ihren Wünschen zu entsprechen. Er wird ihr ständiges Mißtrauen besänftigen, weil er ihr beweisen wird, wie treu auch ein Löwe sein kann. Da beide eifersüchtig sind, paßt der eine auf den anderen auf. In dieser Verbindung sorgen beide dafür, daß auch genug Geld in die Familienkasse kommt.

Am *Steinbock*-Mann schätzt die Skorpion-Frau die sture Beharrlichkeit, mit der er seine Pflicht erfüllt, sowie sein stetes Bemühen um Karriere. Nur im intimen Bereich gehen ihrer beider Meinungen auseinander. Zwar erfüllt der Steinbock stets seine »ehelichen Pflichten«, die Skorpionin wird aber mit der Zeit dafür sorgen, daß er über sein Leistungsziel hinausschießt. Sie sollte sich jedoch davor hüten, ihn umzuerziehen.

Ein *Zwillinge*-Mann kommt der Skorpionin gerade recht, wenn er sich an den Scherben diverser Beziehungen bereits geschnitten hat und sie ihn verarzten kann. Ein Mann, der leidet, ist ihrer kundigen Behandlung sicher. Wenn der Zwilling erstmal durch Fehlversuche geläutert ist, wird er von den Blümchen am Wege lassen, die er so gern pflückte, und den Hauptmakel der Skorpionin – ihre Eifersucht – gar nicht kennenlernen. Sie wird ihn wegen seiner hochfliegenden Pläne und seines charmanten Wesens bewundern, mit dem er auch berufliche Ziele anstreben wird, die den gemeinsamen Wohlstand sichern können.

Wenn der *Schütze* treu bleibt, trifft er mit der Skorpionin gerade die Richtige. Es fragt sich nur, ob er standhaft bleibt und die Jagd in fremden Revieren ein für allemal der Liebe zu einer einzigen Frau opfert. Es könnte der Skorpion-Frau gelingen, ihn ans eigene Heim zu binden, denn in dieser Verbindung gibt es keine sexuellen Schwierigkeiten. Bei beiden besteht überdies der feste Wille, es im Leben zu etwas zu bringen.

In zwei so marsbetonten Zeichen wie *Widder* und Skorpion kracht es manchmal gewaltig, aber das Gewitter verzieht sich auch schnell wieder. Man findet stets zueinander, zumal es auf erotischem Gebiet

Die Behandlung einer Skorpion-Frau verlangt Geschick und Fein-gefühl. Dann wird aus der sonst so Wilden ein zahmes Mäuschen.

kaum Meinungsverschiedenheiten gibt. Sollte der Widder-Mann bisher von leichten Siegen gelebt haben, so darf er bei der Skorpion-Frau nicht übermütig werden. Bei ihr lernt er Ausdauer und Geduld, was ihm nicht nur im Beruf zugute kommen wird.

Was der *Waage*-Mann am Anfang der Beziehung zu einer Skorpion-Frau schätzt, ist das heiße und innige Liebesverhältnis, das er mit ihr pflegt. Wenn er länger mit ihr glücklich sein möchte, sollte er seine ständige Nachgiebigkeit vergessen, um keine Langeweile aufkommen zu lassen.

Die Skorpion-Frau mag keinen Jasager, sie will den Widerstand spüren, damit sie ihn brechen kann. Bei aller Liebe, die zwischen den beiden so ungleichen Sterntypen auflodern wird, sollten die beiden vorher bedenken, daß eine langfristige Beziehung auf gegenseitigem Vertrauen aufgebaut sein muß. Ob das gelingt, steht in den Sternen. Passende Aszendenten könnten in diesem Verhältnis alles zum Guten wenden.

Auch das Zusammenleben mit einem *Stier*-Mann ist für die feurige Skorpion-Dame nicht immer leicht. Mars und Venus haben sich in dieser Verbindung getroffen, und auch im himmlischen Olymp sollen die beiden nicht immer einer Meinung gewesen sein. Bei Stier und Skorpion kommt hinzu, daß sie astrologisch in Opposition zueinander stehen. Zwar ziehen sich Gegensätze oftmals an, aber auf die Dauer wirken sie eher abstoßend, wenn sie nicht mit großer Toleranz einhergehen.

Die Auffassungen über Freiheit und Gleichberechtigung sind bei dem *Wassermann*-Geborenen und der Skorpion-Frau grundverschieden. Zwar haben beide das gleiche Feuer und dieselbe Leidenschaft, doch werden Machtkämpfe das Zusammenleben erschweren. Die Skorpion-Frau müßte öfter nachgeben als er und ihre Eifersucht

Kratzig wie ein Kaktus kann eine Skorpion-Geborene werden,
wenn man versucht, sie zu etwas zu zwingen.

im Zaume halten. Der Wassermann dürfte sie nicht ständig mit seinen oppositionellen Ansichten herausfordern. In einer solchen Verbindung hängt vieles in astrologischer Hinsicht von den jeweiligen Aszendenten der beiden Partner ab.

Der Skorpion-Mann:
der Feurige mit hypnotischem Blick

Vom Mars hat er das Feurige, vom Pluto den hypnotischen Blick, der alles in seinen Bann schlagen möchte. Mit schier magischen Kräften macht er sich die hartnäckigsten Gegner gefügig. Mögliche Partnerinnen, die noch zögern – Frauen, die mit ihm flirten –, müssen dem Rechnung tragen. Ein Skorpion-Mann ist immer zu allem bereit und beläßt es kaum beim oberflächlichen Gesellschaftsspiel. Wer diesem feurigen Typ auch nur den kleinen Finger reicht, wird mit Haut und Haaren von ihm vereinnahmt.

Junge Skorpion-Männer sammeln oft recht wahllos ihre Erfahrungen. Da gilt noch das Unverbindliche, denn kein Skorpion kauft gern die Katze im Sack. Anfangs ist er wenig wählerisch. Gefällt ihm eine Frau, muß er sie sofort haben. – Und er wird sie bekommen, wenn sie nur die geringste Schwäche zeigt. Seinem männlichen Charme und seiner erotischen Kunst, so glaubt er, könne keine widerstehen.

Der Erfolg scheint ihm auf Dauer recht zu geben. Und doch ist er kein Don Juan und schon gar nicht ein Bruder Leichtfuß, der nichts als Abwechslung im Sinn hat. Mit der Zeit bekommt er jedenfalls einen Blick für solche Frauen, die er in seinen »Besitz« nehmen

Dem Skorpion-Mann sagt man magische Kräfte nach, mit deren Hilfe er nicht nur seine männlichen Rivalen aus dem Feld schlagen, sondern auch die Frauen verhexen und für sich einnehmen kann.

möchte. Sein Ideal ist eine zärtliche Frau, die sich ihm unterwirft und deren Eigenwillen er gebrochen hat. Gleichberechtigung in einer Partnerschaft gibt es für den echten Skorpion-Mann nur, solange er das Sagen hat. Äußerlichkeiten interessieren ihn nur bedingt. Sofern eine Frau das »gewisse Etwas« hat, muß sie nicht über die Maßen schön sein.

Obwohl der Skorpion-Mann bei vielen Frauen leichtes Spiel hat, sucht er sich oft eine aus, die zunächst seinen Eroberungswünschen widersteht. Dann versucht er es mit Scherzen und einschmeichelnden Worten. Bald aber überschlägt er sich und gebärdet sich als Draufgänger, der zur Sache kommt. Überzeugt das die Umworbene immer noch nicht, zieht er sich scheinbar zurück, um kurz darauf wieder den scherzenden Schmeichler zu mimen. Er läßt sich Zeit, wenn er es ernst meint.

Ein Skorpion-Mann ist immer von sich und seinen Verführungskünsten überzeugt. Schlagen sie bei der einen nicht an, wird er bei der anderen Erfolg haben. Das braucht nicht unbedingt das unberührte Mädchen zu sein. Obwohl er eifersüchtig ist, fragt er nie, was vor ihm war. Auch die Witwe oder die Frau seines besten Freundes kann ihm gefallen.

Nur der Sieg zählt

Die Favoritin eines Skorpion-Mannes ist ein zartes Geschöpf mit allen weiblichen Vorzügen, aber mit einem standfesten Willen, den es zu brechen gilt. Wie kein anderer braucht er den Kampf der Geschlechter, aus dem er als Sieger hervorgeht. Dann diktiert er die

Vielleicht, weil er die Liebe in all ihren Spielarten so liebt, haben Astrologen das Kaninchen, dessen emsiges Sexualleben ja sprichwörtlich ist, dem Skorpion zugeordnet.

Bedingungen, unter denen man von nun an und vielleicht bis in alle Ewigkeit zusammenleben wird.

Die Frau, die der Skorpion-Mann einmal in seinen Fängen hat, läßt er so leicht nicht los. Er bewacht sie eifersüchtig und betrachtet sie als sein Eigentum. Sie wird es gut bei ihm haben, solange sie ihm die Treue hält. Ausflüge aus der Zweisamkeit sind – wenn überhaupt – nur dem Skorpion selbst erlaubt! Was schon unter manches Skorpion-Verhältnis einen überraschenden Schlußstrich zog.

Jeder Skorpion-Mann muß sich im Laufe seines Lebens einmal die Hörner abstoßen. Er braucht die psychologisch geschulte Frau an seiner Seite, die ihn nimmt, wie er ist: als Mensch mit kleinen Fehlern, aber mit einem Liebesvermögen, das ebenso einmalig ist wie die Fürsorge, mit der ein Skorpion-Mann seine Familie umhegt.

Mancher Skorpion-Geborene ist wie Narziß in sich selbst verliebt.

Skorpione spielen gern den Beherrschten und charakterlich Souveränen. Hat man ihn aber erst einmal genauer kennengelernt, taut er auf und stellt seinen Humor unter Beweis. Er kann eine ganze Gesellschaft mit seinen Scherzen unterhalten.

Natürlich hat er auch andere Qualitäten: Er ist willensstark, gefühls- und triebbetont und hat die Ausdauer, ein Ziel mit viel Energie und großer Geduld anzusteuern.

Sein unstillbarer Ehrgeiz blüht mehr im Verborgenen, aber er kann zur rechten Zeit Berge versetzen. Probleme ortet der Skorpion instinktsicher und löst sie unter großem persönlichen Einsatz. Er ist ehrlich gegen jedermann, kann sich aber, wenn es ihm nötig erscheint, auch verstellen.

Frauen haben's schwer bei ihm

Bei diesem so egozentrischen Mann haben es Frauen nicht leicht. Von einem Augenblick zum anderen kann er ein Verhältnis beenden und – wie der griechische Jüngling Narziß, der die Liebe der schönen Nymphe Echo verschmähte und dafür von den olympischen Göttern mit unstillbarer Selbstliebe bestraft wurde – den Partner durch die Pflege des eigenen Ichs ersetzen.

Trotzdem sind die Junggesellen in dem von Pluto und Mars beherrschten Zeichen in der Minderheit, denn kein Skorpion-Mann bleibt gern allein. Er ist ein geselliger Typ, der auch an Stammtischen sehr geschätzt ist. Außerdem braucht er jemanden, der ihn umsorgt und sein Ich in Watte packt. Das ist die Chance für Frauen, die es darauf abgesehen haben, sich diesen im Grunde recht jungenhaften Typ zu sichern.

Freilich gehören dazu viel psychologisches Einfühlungsvermögen und der mütterliche Instinkt, selbst schwierige Kinder richtig zu erziehen. Wer nicht die Spröde spielen und im rechten Moment den

Eroberungskünsten des Skorpions erliegen kann, suche sich lieber einen anderen Mann. Eine Festung, die sich ihm gleich ergibt, verliert seine Achtung.

Ein Leisetreter ist er nicht. Wenn ihm etwas nicht paßt, kann er heftig aufbegehren und recht verletzend das sagen, was er für die Wahrheit hält. Aber er wird sich schon bald wieder in der Gewalt haben und den Unschuldigen mimen. Nur wenn es hart auf hart kommt, wird er blank ziehen und flink mit dem berühmten Giftstachel des Skorpions fechten.

Das sollte Frauen, die sich in einen Skorpion-Mann verliebt haben, vorsichtig machen. Sie dürfen sich nicht mit ihm anlegen. Widerspruch verträgt er zwar, aber es soll auch nicht zu lange dauern, bis er sich mit seiner Meinung durchsetzt. Ein rechtzeitiges Einlenken, das für ihn einer Kapitulation gleichkommt, entschärft die Situation und macht den Skorpion-Geborenen gefügig, ohne daß es ihm bewußt wird.

Auch wenn der Skorpion-Mann von anderen begehrt wird, sollte die Frau, mit der er zusammenlebt, das gelassen hinnehmen. Ihr Skorpion hat immer den Willen, treu zu sein; neugierig, wie er ist, möchte er hier und da jedoch einmal etwas erleben. Ein Mann, das ist seine feste Meinung, darf sich mehr herausnehmen als eine Frau.

Ein Draufgänger im Liebesspiel

Der Skorpion-Mann kennt alle Schliche und Kniffe, um für sich selbst den höchsten Lustgewinn zu erzielen. Zart besaitete Frauen, die da nicht mithalten können, sollten sich erst gar nicht mit ihm einlassen. Schließlich ist dieser Mann nicht zimperlich. Was mit

Ein deftiges Mahl ist für den Skorpion-Mann gerade richtig, um sich auf kommende Liebesfreuden einzustimmen.

Zärtlichkeit begann, kann unter seiner Regie in höllischem Feuer enden, das selbst Frauen dahinschmelzen läßt, die sich in der Regel unter Kontrolle haben. Beim Liebesspiel ist er ein Heißsporn, der alles probieren möchte und möglicherweise von seiner Partnerin mehr verlangt, als sie zu geben bereit ist.

Der Skorpion-Geborene hält sich nicht lange beim Vorspiel auf. Er hat für diese »Nebensache« meist nur dann etwas übrig, wenn sie mit einer üppigen Mahlzeit beginnt, mit der man sich für spätere Anstrengungen stärken kann. Romantische Spielereien sind für ihn lästige Verzögerungen. Er will sich genüßlich ins sexuelle Vergnügen hineinsteigern. Eine lange Anlaufzeit mag er nicht.

Darüber hinaus ist er kein Mann, der schon nach der ersten wilden Runde in Morpheus Armen ruhen möchte. Seine Potenz hält ihn wach und fordert eine Fortsetzung des intimen Miteinander. Auch beim Zwischenspiel stuft der Skorpion-Mann, dessen erogene Zone wie bei seiner Sternenschwester die Genitalien sind, tändelnde Liebesbeweise als eher lästig ein.

Selbst Skorpion-Männer, die sich im Arbeitsleben in der Regel vor übermäßigen Anstrengungen drücken, leisten in den ganz intimen Spielen zwischen Mann und Frau eine ziemliche Schwerstarbeit. Was aber für sie zum größten Vergnügen wird, könnte für ihre Partnerinnen in Streß ausarten.

Wenn den Skorpion einmal die Lust gepackt hat, will er sich bis zum Exzeß austoben. Hinterher kann die Partnerin den schüchternen Versuch machen, ihn sanft darauf hinzuweisen, was ihr an seinen Praktiken nicht gefiel. In diesem Fall ist er relativ einsichtig, auch wenn ihm sonst Kritik an der eigenen Person mißfällt. Beim nächsten Mal wird er dann vielleicht auf die Wünsche seiner Partnerin Rücksicht nehmen.

Ein Skorpion schlägt schnell das Tor zu, wenn es nicht nach seinem Willen geht – am besten eines aus Eisen, seinem Glücksmetall.

Nach Feierabend wird er munter

Viele Skorpion-Männer lassen das Berufsleben geruhsam angehen und wachen erst nach Feierabend richtig auf. Sie freuen sich auf das warme Nest, das sie daheim erwartet, und noch mehr auf die Vergnügungen mit der Partnerin.

Der Skorpion kann der treueste Partner sein, wenn ihn seine Frau umsorgt und ihm ab und zu einmal die absonderlichsten Wünsche erfüllt. Er spielt sich gern als Patriarch auf, ist aber in einer glücklichen Beziehung so herzlich und nett, daß die Frau oft gar nicht anders kann, als ihn zu lieben.

Sollte es bei diesem gutherzigen Partner doch einmal zum Streit kommen, so sollte die Partnerin die Klügere sein und (scheinbar) nachgeben. Das hebt sein Ichgefühl und läßt ihn einlenken, weil zu seinem Ich auch sein ureigenster »Besitz«, die Partnerin, gehört.

Wer ständig an ihm herummäkelt, wird kaum lange mit ihm zusammenbleiben. Es sind die unklugen Frauen, die des Skorpions Scheidungsrate in die Höhe treiben. Sie sollten bedenken, daß er manches gar nicht so meint, wie er es ausspricht.

Wer einen Skorpion-Mann halten will, sollte ihn ein Leben lang wie einen großen Jungen behandeln, dem man nicht böse sein kann. Er merkt es schon selbst, wenn er wieder einmal falsche Akzente gesetzt hat. Er geht dann in sich, und das ist vielleicht der liebenswerteste Zug an ihm. Die meisten Skorpion-Männer streben feste Verhältnisse an, denn sie wollen die Frau ihres Herzens »besitzen«. In einer lockeren Beziehung ist das kaum möglich.

Der Turmalin soll Skorpion-Geborene vor Verletzungen schützen. Als Talisman getragen, hilft er vielleicht so manchem weiblichen Skorpion, sich den richtigen Partner zu erwählen, der ihre leichte Verwundbarkeit erkennt und sie vor Schmerzen bewahrt.
Seite 46/47: Das Element des Skorpion-Zeichens ist das Wasser.

Welche Frau kann's mit ihm?

Man könnte meinen, eine Verbindung mit diesem so egozentrischen Mann führe in eine Art Gefangenschaft, an der die Frau schwer zu tragen hat. Die Wirklichkeit ist in vielen Fällen jedoch anders, wovon eine Menge glücklicher Beziehungen mit Skorpion-Geborenen Zeugnis ablegen.

Es ist nicht so, daß die Frau eines solchen Mannes ständig zum Nachgeben bereit sein muß. Sie kann ihm ruhig hier und da Widerstand leisten. Sein Verstand sagt ihm nämlich, daß man in einer guten Beziehung auch mal selber bereit sein muß, nachzugeben.

Reibereien wird es sicherlich mit seiner Sternenschwester aus dem *Skorpion*-Zeichen geben. Sie bringt ihm die Lunte ins Haus und explodiert oft zur gleichen Zeit wie er. Selbst wenn diese beiden so gleichgearteten Charaktere ein ums andere Mal zusammenstoßen und der Haussegen schief hängt, werden sich die beiden Skorpione mit der Zeit schon zusammenraufen, weil sie sich viel zu geben haben und zum Glücklichsein die Spannung brauchen.

Am liebsten hat der von Mars und Pluto beherrschte Mann eine *Krebs*-Frau, die mit viel Gemüt auf ihn eingeht und seine zeitweise rauhe Gangart schlicht und einfach übersieht. Beide entstammen einem Wasserzeichen, was immerwährende Verständigungsbereitschaft bedeutet. Bei der Krebs-Frau wird der Skorpion am ehesten seine nach außen hin gezeigte Härte vergessen und auf Gefühl umschalten, das bei der Krebs-Geborenen so reich vorhanden ist.

Auch mit einer *Fische*-Frau kann der Skorpion-Mann gut zusammenleben. Sie ordnet sich seinen Wünschen unter und hält nach angemessener Eingewöhnungszeit den Pantoffel für ihn bereit, unter den sie ihn stellt, ohne daß er es womöglich selbst merkt. Wie auch der Krebs-Frau glückt ihr in langen Ehejahren die allmähliche Umerziehung des Skorpions zu einem gefühlvollen Gentleman im häuslichen Bereich.

Ein Glückslos hat der Skorpion auch mit der *Waage*-Frau gezogen. Allerdings muß er sehr zärtlich zu dieser »Venus in Seide« sein, um sie zu halten. Außerdem kommt sie ihn teurer zu stehen als alle, die er zuvor getestet haben mag. Wenn er es zu bunt mit ihr treibt, könnte eine Trotzreaktion von ihr das bis dahin gute Verhältnis trüben. Am besten läßt er es gar nicht so weit kommen, sonst hat er seine Waage-Dame möglicherweise schnell verloren.

Der glücksbringende Enzian. Aus den Wurzeln der gelben Art wird ein starker Schnaps gebraut, der – in Maßen genossen – Skorpionen guttut.

Dasselbe gilt für eine *Stier*-Frau, die ebenfalls unter dem Schutz der Venus steht. Sie geizt daheim nicht mit ihren Reizen und hat viel Sinn für ein gepflegtes Heim, was dem Skorpion-Mann natürlich gefällt. Er wird ihr manchen Wunsch außerhalb der Reihe erfüllen und sich schnell mit ihr wieder versöhnen, wenn sie ihm einmal bewiesen hat, daß ihre Tierkreiszeichen eigentlich in Opposition zueinander stehen. Langweilig wird es in dieser Verbindung wahrhaftig nicht werden.

Auch mit der *Wassermann*-Frau läßt es sich nicht immer leicht leben. Da ist manches spannungsgeladen, was zwar zu guter Übereinstimmung im Bett führen kann, aber nach außen hin strebt doch vieles auseinander. Die Launen des skorpionischen Dickkopfes zehren an den Nerven der Wassermann-Frau. Beiderseitige Berufstätigkeit könnte hier manches mildern. Nur ob der starke Schnaps, den die Wassermännin ihrem doch so eifersüchtigen Skorpion zeitweise einschenkt, ihm gut bekommt, ist fraglich.

Geschickter wird sich eine *Widder*-Frau bei einem Skorpion-Mann verhalten. Sie gründet mit ihm eine Kampfgemeinschaft, zu dem beider »Patenonkel« Mars seinen Segen gibt. Leider streben aber auch in dieser Verbindung die beiderseitigen Ziele in verschiedene Richtungen, was den sonstigen Gleichklang etwas stören wird. Am Abend ist die Welt jedoch wieder in Ordnung.

Das ist auch in der Beziehung mit einer *Schütze*-Frau der Fall. Mit ihr könnte der Skorpion-Mann restlos zufrieden sein, wenn sie ihn nicht Jahr für Jahr um einen kurzen Sonderurlaub von der Zweisamkeit bitten würde. Das kann der Skorpion nicht verstehen, ahnt Schlimmeres und genehmigt ihr höchstens eine Freifahrt zu ihrer Mutter, die schon auf sie aufpassen wird.

Klar wie das Element seines Tierkreiszeichens unter ihm ist für einen gestandenen Skorpion-Mann, daß er in einer engen Verbindung immer der Patriarch sein muß.

Auf Erfüllung seiner Sexträume kann der Skorpion-Mann bei einer *Löwe*-Frau nur hoffen, wenn er seine absoluten Besitzansprüche aufgibt und untertänigst zu ihr aufschaut. Auch in dieser Verbindung werden anfängliche Machtkämpfe den beiderseitigen Status klären, wobei nicht sicher ist, wer letztlich gewinnt. Ein Kompromiß auf der Mitte wäre erstrebenswert, zumal sich Löwin und Skorpion viel zu geben haben, wo sie doch mit gleicher Leidenschaft im intimen Bereich zugange sind.

Als die schlaueste in der Verbindung mit einem Skorpion-Mann könnte sich die *Zwillinge*-Geborene erweisen. Sie wird ihn am Anfang der Beziehung glauben machen, daß er an ihr uneingeschränkte Besitzrechte habe, diese jedoch nach einiger Zeit in Frage stellen. Es ist durchaus möglich, daß sich die beiden dann auf der Mitte einigen, zumal sie mit ihrem skurrilen Humor den Skorpion stets aufheitern kann. Schlimm wird es nur, wenn er aus Eifersucht an ihrer Treue zu zweifeln beginnt ...

Eine glückliche Kombination wäre es sicher nicht, wenn sich der Skorpion mit einer *Steinbock*-Frau für das Leben verbinden würde – es sei denn, es würde ihm reichen, daß sie die gemeinsame Kasse verwaltet und er sich über den wachsenden Wohlstand freut. In sexueller Beziehung könnte für den Heißsporn Langeweile aufkommen. Gelingt es ihm, die astrologisch als kühl geschilderte Frau sexuell zu erregen, wird's trotz aller Gegensätze gutgehen.

In seinen kühnsten Träumen wünscht sich fast jeder Skorpion-Mann eine Jungfrau, die er in seinem Sinne anlernen kann. Ob er das bei der *Jungfrau*-Geborenen schafft, ist ungewiß; denn auch sie ist – wie die Steinbock-Frau – in der Liebe manchmal unterkühlt. Trotzdem könnte er mit ihr zufrieden sein: Sie hält nicht nur das gemeinsame Geld zusammen, sondern versucht es auch aus eigener Kraft zu mehren. Grund zur Eifersucht hätte er bei ihr kaum, weil sie in einem festen Verhältnis absolut treu ist. Ob das dann auch beim Skorpion der Fall wäre?

Nur keine Hektik

Im Berufsleben sind Skorpion-Menschen clever. Sie knien sich nicht blindwütig in Arbeit hinein, sondern gehen die Dinge langsam, aber gründlich an. Mit ruhigem Taktieren leisten aber gerade sie mehr als solche Tierkreistypen, die sich psychisch und physisch verausgaben und am Ende krank sind. Streß ist für den Skorpion ein Fremdwort.

Skorpione kommen zu Beginn einer stürmischen Jahreszeit zur Welt.

Mit Tatkraft und Ausdauer ist er bei der Sache und kann, wenn er ein Ziel vor Augen hat, energisch zu Werke gehen. Er nimmt jede Herausforderung an und schreckt auch nicht vor Strapazen zurück, wenn er weiß, daß sie nur vorübergehender Natur sind. Auf dem Weg nach oben ist er wenig kompromißbereit.

Der Vorwurf, Skorpion-Menschen würden ihren Kollegen und Konkurrenten gern das Wasser abgraben, kann sie kaum treffen. Zwar kennen sie die geheimen Gänge, die aus dem Untergrund nach oben führen, aber trotz ihres zeitweise hitzigen Aufbegehrens gegen jedermann sind sie ohne böse Hintergedanken. Sie versuchen, sich mit jedem zu verständigen, der auch mit ihnen auskommen will.

Diesen von Mars und Pluto beherrschten Menschen ist nicht leicht beizukommen. Sie sind geschickte Leute, die sich aus jeder gefährlichen Situation zum eigenen Vorteil herauswinden können. Sie denken logisch und haben Geduld. Nicht immer drängen sie zur Spitze, wollen aber dennoch Einfluß ausüben und mitreden können.

Zur Not übergeht ein Skorpion auch einmal den direkten Vorgesetzten, um in der Chefetage durchzusetzen, was ihm aus irgendeinem Grunde nicht behagt. Er ist ein idealer Stellvertretertyp, weil er mitbestimmen will, wo es lang gehen soll, aber nicht unbedingt das verantworten möchte, wofür ein anderer eigentlich zuständig ist.

Frauen und Männer aus dem Skorpion-Zeichen sind nützliche Mitarbeiter in jedem Betrieb. Ihre Neugier verführt sie zum Tüfteln und macht sie zum Beispiel in Forschungsabteilungen großer Unternehmen unentbehrlich. Skorpione haben viel Organisationstalent und sind bekannt für ihre Verschwiegenheit. Viele Skorpione interessieren sich für das Geheimnisvolle, das hinter den Dingen steckt. Oft haben sie den sechsten Sinn für unbewußte Vorgänge. Einige von ihnen sind der Psychologie zugeneigt, auch das Parapsychologische liegt ihnen. So ist es kaum verwunderlich, daß im Bereich der Esoterik, also auch unter den Astrologen, viele Skorpione zu finden sind. In Berufen, die Härte verlangen, sind Männer aus dem Marszeichen

zu Hause. Als Soldaten und Polizisten setzen sie sich durch, aber auch als Handwerker und Facharbeiter sind sie gefragte Leute, weil sie mit viel Kraft agieren, die mit zielgerichteter Genauigkeit gepaart ist. Man findet sie als Fachkräfte im Medienbereich und bei den Wissenschaften, wobei Chemie und Physik überdurchschnittlich gut von ihnen besetzt sind. Viele Skorpion-Geborene haben schon früh eine hohe technische Begabung, die sie später auch entsprechende Berufe suchen läßt.

Mit Vernunft und großer Wahrheitsliebe greifen Skorpion-Geborene als Juristen schwierige Tatbestände auf. Als Richter kann ihnen kein Angeklagter etwas vormachen; Zeugen werden von Strafvertei-

Mit großer Hingabe kümmern sich Ärztinnen aus dem Skorpion-Zeichen um ihre Patienten.

digern aus dem von Mars und Pluto beherrschten Zeichen intensiv befragt und oft auch hartnäckig attackiert. Ihre Devise heißt: Im Zweifel für den Angeklagten.

Da der Skorpion-Mensch gern seine Nase in anderer Leute Sachen steckt, wird er sicher ein ausgezeichneter Detektiv sein. Hier kommt ihm der sechste Sinn zugute, der nach Auffassung moderner Astrologen vom zweiten Planetenbeherrscher Pluto beeinflußt ist.

Eine Reihe bedeutender Politiker wurde unter dem Skorpion-Zeichen geboren, was darin begründet liegt, daß Skorpione nicht die Konfrontation mit dem Gegner scheuen und dazu fähig sind, ihn so lange zu attackieren, daß er von selbst aufgibt. Geduld üben sie im Beamtenstand, wo sie jedem beweisen werden, was nach Recht und Gesetz möglich ist.

Weibliche Skorpion-Geborene sind im allgemeinen beweglicher als ihre Sternenbrüder. Sie versteifen sich nicht absolut auf einen eigenen Standpunkt, sondern versuchen auch zu vermitteln. Oft erlernen sie Berufe, in denen eine Menge Opferbereitschaft nötig ist. Als Krankenschwestern, Arzthelferinnen oder Röntgenassistentinnen, aber auch als Ärztinnen kümmern sie sich mit Hingabe um die Patienten. Interessant ist, daß viele Hebammen aus diesem Tierkreiszeichen stammen.

Skorpion-Frauen wollen Verantwortung tragen. Sie haben leitende Stellungen in der Industrie, im Handel und in Behörden inne. Selbstverständlich haben sich viele von ihnen auch den »männlichen« Berufen zugewandt, was auf ihre große Flexibilität und ihr Selbstvertrauen schließen läßt.

Der Machtwille der Mars-Schützlinge führt dazu, daß es sich der eine oder andere Skorpion schließlich doch auf einem Chefsessel bequem macht. Bei allem Durchsetzungswillen sind hier die Skorpion-Frauen fürsorglicher als ihre Sternenbrüder. Sie bemühen sich besonders um das Wohlergehen ihrer Mitarbeiter, weil sie wissen, daß daraus auch eigener Wohlstand resultieren kann.

Männliche Skorpione werden als Chefs eisern für Disziplin sorgen. Bei ihnen muß jeder einzelne spuren; Widersprüche dulden sie höchstens einmal, wenn Untergebene tatsächlich die besseren Argumente haben. Mitarbeiter und Kollegen eines Skorpion-Menschen bestätigen, daß er zwar hart gegen andere, aber auch gegen sich selbst ist. Sie mögen ihn trotzdem, weil sich mit der Zeit herausstellt, daß unter seiner harten Schale ein weicher Kern sitzt. Im Grunde

Auf kargem Heideland wächst das farbenprächtige Heidekraut, eine Heilpflanze, die speziell für Skorpion-Menschen nützlich ist.

genommen ist dieser Typ nämlich ein guter Kumpel. Einer, der auch im Arbeitsleben ein wenig menschliche Wärme verspüren möchte und der nur ab und zu einmal aus der Haut fährt, wenn er sich angegriffen fühlt.

Glück mit Kapital und Zinsen

Sicher ist der Skorpion-Mensch kein Pfennigfuchser, auch wenn er sehr sparsam sein kann, was seine Familie bestätigen wird. Frauen und Männer aus diesem Zeichen teilen ihr Geld genau ein. Sie sehen

Ein Schmuckstück mit Goldtopasen sollte jeder Skorpion-Frau gefallen, denn diese Steine zählen zu ihren Glücksbringern.

zu, daß auch am Monatsende noch etwas übrig bleibt, das sie auf die hohe Kante legen können. Mit den Jahren tragen sie auf diese Weise stattliche Ersparnisse zusammen.

In vielen Fällen wird der Wohlstand von Skorpionen durch eigenartige Glücksumstände begünstigt. Viele Skorpione kommen zu Kapital durch unverhoffte Gratifikationen oder auch durch Erbschaften, die ihnen ein sorgenfreies Leben ermöglichen. Andere aus diesem Zeichen haben den sechsten Sinn für Zahlen oder für Kapitalanlagen, die sich hoch verzinsen.

Die meisten Skorpion-Menschen versuchen, ihren Lebensunterhalt aus eigenen Mitteln zu bestreiten und durch äußerst sparsame Lebensführung zu Wohlstand zu gelangen. Man mag ihnen nachsehen, wenn sie aus diesem Grunde nicht allzu freigebig und großzügig sind. Wenn's ums Zahlen geht, verkriechen sich viele unter ihnen lieber in einem finsteren Winkel, wo sie so leicht niemand findet.

Ausnahmslos jeder Skorpion-Mensch kann gut rechnen. Berechnend ist er aber nur, wenn er zum Beispiel Schulden macht, um mit den Schuldzinsen Steuern zu sparen. In jungen Jahren wird er auch Kredite aufnehmen, um schneller seinen Hausstand komplettieren zu können. Aber selbst dabei übernimmt er sich nicht, weil er die Abzahlungsraten schon vorweg seinem monatlichen Einkommen angepaßt hat.

Die Hasardeure sind unterm Skorpion-Zeichen eindeutig in der Minderzahl und beeinträchtigen nicht das Bild vom guten Haushalter in diesem Tierkreiszeichen. Obwohl sein Spieltrieb sehr ausgeprägt ist, wird ein Skorpion-Mensch kaum die Einsätze so hoch treiben, daß er am Ende unter Geldmangel leidet. Sein Weitblick verhindert das.

Bild Seite 60/61: Skorpion-Geborene haben in der Regel eine hohe Lebenserwartung. Die Zypresse, als Sinnbild der Langlebigkeit, zählt daher zu den Bäumen, die diesem Sternzeichen zugeordnet werden.

Wehwehchen eines Kraftmenschen

Wie der Waage-Typ kämpft auch der Skorpion-Mensch gegen jede mögliche Krankheit an, und selbst die zierlichste Frau aus diesem Zeichen ist auf ihre Art ein Kraftprotz. Skorpion-Menschen schauen oft auf Schwächlinge herunter, vor allem auf zimperliche und empfindliche Naturen, die sich bei der geringsten Erkältung einen Krankenschein holen. Dennoch sollten auch Skorpion-Menschen etwas mehr auf ihre Gesundheit achten und, wenn sie in die Jahre gekommen sind, den Arzt aufsuchen. Gefährdet erscheinen bei Skorpionen besonders die Unterleibs- und Fortpflanzungsorgane, die seit alters astrologisch dem Skorpion-Zeichen zugeordnet sind. Hormonelle Störungen (bei Frauen Krankheiten der Geschlechtsorgane, bei Männern auch Blasenleiden) sind unter Skorpionen recht häufig.

Da sich bei diesem Typ manchmal viel Ärger aufstaut, ist auch sein Nervensystem großen Belastungen ausgesetzt. Auf sportlichem Gebiet hat mancher Skorpion den Ehrgeiz, Höchstleistungen zu erbringen und dabei den Kraftaufwand zu übertreiben. Da bleiben Schädigungen oft nicht aus, wobei vor allem der Bewegungsapparat und die Wirbelsäule gefährdet sind. Hieraus resultiert die in diesem Zeichen beobachtete hohe Verletzungsanfälligkeit.

Dies ändert jedoch nichts an der statistisch bewiesenen Tatsache, daß der Skorpion-Mensch eine hohe Lebenserwartung hat, sofern er sich nicht überstrapaziert, sondern mit äußerster Disziplin alles vermeidet, was ihm und seinem Körper schaden könnte. Dazu gehört natürlich eine vernünftige Ernährung ebenso wie die Pflege der Psyche. Gerade bei Skorpion-Menschen hat man festgestellt, daß seelische Belastungen auch körperliches Leid hervorrufen können.

Wegen seiner guten Konstitution braucht kein Skorpion vor Krankheiten Angst zu haben. Außerdem wird er böse Krankheitsgeister durch seinen eisernen Willen und eine vernünftige Lebensweise verscheuchen.

Der sechste Sinn

Viele Menschen aus dem Skorpion-Zeichen nehmen es als gegeben hin, daß sie im Laufe ihres Lebens immer wieder Glücksmomente erfahren. Ihr sechster Sinn verhilft ihnen dabei zu Ausnahmesituationen, die anderen Menschen vorenthalten bleiben.
Obwohl man seit Urgedenken dem Skorpion-Typ Fähigkeiten zuschreibt, sein Glück zu zwingen, wird er das doch mit dem Hinweis

Der feurige Granat schützt vor bösen Geistern und Dämonen.

bestreiten, er sei nicht abergläubisch. Dennoch mag er insgeheim glauben, daß es in mystischen Bereichen wundersame Mittel gibt, die zum Glück in allen Lebensbereichen beitragen können.

So soll der dunkelrote Granat, ein Edelstein von größter Härte, von einem Skorpion-Menschen als Talisman getragen werden. Im Mittelalter glaubte man, der Stein des Mars würde dämonische Geister verjagen und seinen Trägern verborgene Schätze zeigen.

Der Amethyst, ein Halbedelstein von violetter Farbe aus der Familie der Quarze, soll besonders den Liebenden aus dem Skorpion-Zeichen Glück bringen. Der Legende nach hielt die heilige Hildegardis von Bingen Amethyste für wahre Schönheitsmittel: Flecken und Pusteln würden durch das Einreiben mit einem speichelbefeuchteten Amethysten verschwinden. Die Kaufleute aus dem Skorpion-Zeichen sollten diesen Stein heimlich in der Westentasche bei sich tragen, weil er in dieser Berufssparte besonders Skorpionen großen Erfolg vermitteln kann.

Der farblose und durchsichtige Topas, aber auch der Goldtopas, soll nach Erfahrungen aus dem Mittelalter die mystisch begabten Skorpione hellsichtig machen. Der Sardonyx – ein Bruder des Onyx aus braunen und milchigen Schichten, aber mit einer dritten Schicht aus Karneol – galt schon im Altertum als hervorragender Glücksstein im Skorpion-Zeichen: Mit dem eingeschnittenen Namen oder Bild des Mars soll er die Macht zum Befehlen verleihen und furchtlos und widerstandsfähig machen.

Schon von den Kreuzfahrern wurde der farbenreiche Turmalin getragen, weil er sie vor Verletzungen jedweder Art schützen sollte. So kann er auch von Sportsleuten aus dem Skorpion-Zeichen als Amulett auf bloßer Haut an goldener Kette getragen werden.

Hierher gehört ebenso die besondere Glückszahl der Skorpion-Menschen. Es ist die geheimnisvolle 9, die in alten Überlieferungen

Der Amethyst bringt Liebenden im Skorpion Glück.

als das Dreifache der magischen Zahl 3 eine Rolle spielt. Nach der Numerologie ist der Skorpion also ein Neunermensch und gehört damit zu den Kämpfernaturen. Deshalb soll der Skorpion-Typ übrigens auch am 9., 18. und 27. jeden Monats besonderen Erfolg haben.

Pflanzen, die für ihn erblühen

In der Astrologie werden seit Urzeiten viele Blumen, Nutz- und Heilpflanzen einzelnen Tierkreiszeichen zugeordnet. Beim Skorpion sind es der blaue sowie der gelbe Enzian, aus dessen Wurzeln ein bitterer, opiumartig schmeckender Schnaps vergoren wird. Als Volksmedizin soll er gegen Verdauungsbeschwerden, Fieber und Gicht helfen. Die Silberdistel, die ihre Blüten nur an Tagen mit gu-

![Silberdistel]

Die Silberdistel erinnert an das Widerborstige im Skorpion.

tem Wetter öffnet, und die stachelbewehrten Kakteen gehören dazu, die an das zeitweise widerborstige Wesen des Skorpions erinnern.

Der Name der ebenfalls für den Skorpion typischen Narzisse geht auf einen eigenwilligen griechischen Jüngling zurück, der nur sich selbst liebte. Das reichblühende Heidekraut, auch als Erika oder Besenheide bekannt, wird in der Volksmedizin gegen allerlei Unterleibserkrankungen verwendet (der Unterleib gehört medizinisch zu dem Körperbereich, der bei Skorpion-Menschen gefährdet ist). Das blühende Kraut und die Blüten enthalten Wirkstoffe für einen Tee, der gegen Nieren- und Blasenleiden angewendet wird und der die Harnausscheidung anregt.

Das Basilikum, bei uns vor allem als Gewürz für Suppen, Salate und Fleisch- und Fischspeisen bekannt, gehört ebenfalls zu den Pflanzen, die beim Skorpion Wunder wirken sollen. Es fördert die Ver-

Basilikum, ein Heil- und Gewürzkraut für Skorpione.

dauung und beugt Magenkrämpfen vor. Ähnlich wie Knoblauch desinfiziert es den Darm und regt den Appetit an.

Letzteres ist auch bei der scharfen Zwiebel der Fall, die ebenfalls die Verdauung fördert und die Produktion von Gallensaft verstärkt.

Der wilde Lattich, Stammvater des Kopfsalates, wurde vielleicht deshalb unter dem Zeichen des Skorpions eingeordnet, weil er sich an allen Wegen recht wildwuchernd durchsetzt. Auch der Champignon wird astrologisch in dem Marszeichen geführt. Vitaminreich sind die Johannis- und die Heidelbeere und die frühreife Aprikose. Auch sie können die Verdauung fördern.

Weit über 1000 Jahre alt können die immergrüne Zeder, ein bis zu 40 Meter hohes Kieferngewächs, und die in Asien beheimatete echte Zypresse werden. Auch die Kokospalme beweist, daß zum Skorpion-Zeichen vieles gezählt wird, das nach oben strebt.

Der skorpiontypische Igel überschläft gern Notzeiten.

Verkappte Elfen und Hexen

Natürlich wurden im Mittelalter auch einige Tiere dem Skorpion-Zeichen zugeschrieben. Dazu gehören nach astrologischer Ansicht alle, die eine Larvenentwicklung durchmachen müssen und die entweder unter der Erde oder in stehenden Gewässern leben. Neben dem Skorpion selbst werden dem Sternzeichen die Schmetterlinge, insbesondere die Nachtfalter, zugeordnet, die im Mittelalter als verkappte Elfen und Hexen galten.

Mögliche charakterliche Eigenarten der Skorpion-Menschen können Tiere verraten, die ihr Domizil unter der Erde haben: der flinke, schwarzgelbe Feuersalamander, die großmäulige Kröte, der arbeitsame Maulwurf, die neugierige Spitzmaus, das potente Kaninchen und der Igel, der Notzeiten einfach verschläft.

Das Skorpion-Kind: frühentwickelt und wißbegierig

In der Wiege sieht man keinem Kind an, wie es einmal werden wird. Auch wenn man ein Baby aus dem Skorpion-Zeichen vor sich liegen sieht, wünscht man dem unschuldigen Kleinen bloß Widerstandskraft und Gesundheit und denkt nicht darüber nach, welche Anlagen und Charaktereigenschaften es haben könnte. Aber schon in einem solchen Baby steckt die Abneigung gegen jedwede Autorität. Es verweigert die Nahrung, die ihm nicht schmeckt, und setzt sich mit kräftiger Stimme in seiner Umwelt durch.

Was sich als Baby unschuldig gegeben hat, entwickelt sich mit der Zeit zu einem echten Widerständler, der die Eltern vor gewaltige Erziehungsprobleme stellen wird. Sehr bald bildet dieses Kind seine eigene Meinung und hält an ihr fest. Nur wenn man es eines Besseren belehrt, kann es auch mal einsichtig sein.

Das Skorpion-Kind – Mädchen und Jungen sind da gleich – bringt viele Schrammen und Beulen aus der Schule heim. Das kommt von den Kämpfen und Reibereien, die es aus purer Lebensnotwendigkeit mit seinen Spiel- und Schulkameraden austragen muß. Man sollte es dazu erziehen, auf Schwächere Rücksicht zu nehmen – die Lehren, die ihm Stärkere erteilen, merkt es sich von selbst.

Die meisten Skorpion-Kinder sind eher auf die Mutter fixiert – vor allem dann, wenn der Vater des öfteren seine Autorität ins Spiel bringt –, ohne sich jedoch an deren Rockschößen festzuklammern. Skorpione sind gelehrig, brauchen aber die starke Hand und das Zusammenwirken beider Elternteile, die ihren schier übermäßigen Eigenwillen in die richtigen Kanäle lenken.

Oft wird das Skorpion-Kind zornig reagieren, aber schon ein strenger Blick von Vater und Mutter oder die freundliche Ermunterung durch überzeugende Worte bringen es zur Raison.

Im Skorpion-Zeichen findet man eigentlich nur gelehrige Schüler, die die Schulordnung akzeptieren, weil sie schon früh spüren, daß solcher Zwang ihnen hilft. Es ist auch im schulischen Bereich die feste Hand, die ein Skorpion-Kind geschickt lenkt und zu Höchstleistungen animiert. Streicheleinheiten braucht es nicht; Lob für gute Leistungen nimmt es als Selbstverständlichkeit hin. Man sage einem Skorpion-Kind, worauf es ankommt, und sein natürlicher Lerneifer wird es von selbst zum Ziel bringen.

Skorpion-Kinder – vor allem die Mädchen – zählen zu den Frühentwicklern, die aus Neugier das Leben der Erwachsenen kennenlernen wollen, Abenteuer suchen und hinter einer Unschuldsmiene neugewonnenes Wissen verstecken. Sie haben ihre Geheimnisse, die sie niemandem verraten, erst recht nicht Vater und Mutter. Obwohl die jugendlichen Skorpione früh das Elternhaus verlassen und schon

Schon im Skorpion-Baby steckt die Abneigung gegen jedwelche Autorität, auch wenn es sich zärtlich an die Mutter kuschelt.

bald eigene Wege gehen möchten, bleiben sie doch ein Leben lang mit ihm verbunden, sofern sie dort genügend Liebe und Fürsorge erfahren haben.

Ganz so widerborstig übrigens, wie sie manchem erscheinen, sind Skorpion-Menschen nicht. Im Gegenteil: Wen sie einmal mögen, dem helfen sie, wann immer sie können. Dieser sollte nur nicht den Fehler begehen, ihnen das schlecht zu danken.

Leider kann eine falsche Erziehung in späteren Jahren gerade bei Skorpionen zu sehr harter Haltung gegenüber den Mitmenschen führen, was zeigt, daß Eltern sehr behutsam mit ihrem Skorpion-Kind umgehen sollten. Am besten belegen sie gleich nach seiner Geburt einen Kurs in angewandter Psychologie ...

Bei richtiger Behandlung blühen Skorpion-Kinder wie ein Kaktus auf.

Stur, wie Skorpion-Jugendliche sind, lassen sie sich nicht in einen Beruf zwängen, der ihnen nicht liegt. Sie wollen frei darüber entscheiden, hören aber hier und da auch auf gute Ratschläge von denen, die sie lieben.

Der etwas andere Skorpion

In der Astrologie hat jeder Mensch noch ein zweites Tierkreiszeichen, das in sein Geburtszeichen Kräfte ausstrahlt, die sich mit seinen Anlagen zu vermengen scheinen. Nicht alle, die zwischen dem 24. Oktober und 22. November geboren wurden, sind also lupenreine Skorpione. Der Aszendent ist das Tierkreiszeichen, das in der Minute der Geburt gerade am östlichen Horizont aufgeht. Wie man diesen Aszendenten errechnet, wird am Schluß dieses Buches beschrieben. Und so wirkt er ins Tierkreiszeichen Skorpion:

Aszendent Widder läßt den Skorpion noch um einige Grade kämpferischer erscheinen. Wer sich einem Skorpion mit dem Aszendenten Widder entgegenstellt, hat nichts zu lachen. Der doppelte Mars in diesem Mischzeichen drängt nach vorn und will im Beruf stets der Erste sein. Wie gut, daß es auch noch des Skorpions zweiten Planetenbeschützer Pluto gibt, der zum Machtwillen in bestimmten Fällen den Verstand gesellt. Dieser Mischtyp ist sehr sinnenfroh, wobei seine Leidenschaft manche Leiden schafft. Er hat jedoch viel Verständnis für den Partner und kann auch zurückstecken. Treue versteht sich in dieser Mischung von selbst.

Aszendent Stier läßt den Skorpion häuslicher erscheinen, ohne daß er mit diesem Aszendenten seine Angriffslust verliert. Im Beruf kommt der Skorpion mit dem Aszendenten Stier langsam, aber sicher ans Ziel. Er ist strebsam, eckt bei Arbeitskollegen jedoch hin und wieder an. Er will seine Leistungen gut honoriert sehen und bringt es beruflich sehr weit. Im familiären Bereich sollte man sich ihm total unterordnen, sonst wird das Zusammenleben mit ihm unter Umständen schwierig. Er stellt die Treue seines Partners wegen seiner übergroßen Eifersucht oft in Frage.

Aszendent Zwillinge setzt die kämpferischen Qualitäten des Skorpions in geistige Überlegenheit um, die jeder zu spüren bekommt, der sich ihm nicht unterordnet. Dieser Mischtyp ist oft unentschlossen, wenn es gilt, letztgültige Entscheidungen zu fällen. Der Skorpion mit dem Aszendenten Zwillinge drängt im Beruf immer zur Spitze, wobei er manchmal auch unfeine Mittel anwendet, um sich durchzusetzen. Er ist schnell verliebt und bleibt oft erst in seinem dritten festen Verhältnis treu.

Aszendent Krebs bremst die allzu große Forschheit immer wieder ab. Er ist für den Skorpion gewissermaßen die Schatulle, in der dieser seinen Giftstachel verschließt. Das macht ihn für seine Umwelt umso liebenswerter. Mit viel Gefühl wird nicht nur in der Liebe, sondern auch im Beruf taktiert. Am Ende steht der Skorpion mit dem Aszendenten Krebs oft besser da als seine weniger gefühlvollen Sternengeschwister.

Aszendent Löwe läßt den Skorpion unnahbar erscheinen. Er hält für den Marsjünger das Erfolgsrezept parat, das diesen vor allem im Beruf über andere erheben wird. Der Skorpion mit dem Aszendenten Löwe kann auch mal die Ellenbogen gebrauchen, um lästige Konkurrenz aus dem Weg zu räumen. Das macht ihn im Kollegenkreis nicht allzu beliebt. Wer diesen Typ liebt, weiß von seiner vulkanischen Leidenschaft und seinen zarten Streichelkünsten zu berichten, mit denen er einen Partner zu sich in den siebten Himmel zu holen vermag.

Aszendent Jungfrau setzt anstelle der beim Skorpion sonst gerühmten Kampfkraft listige Schlauheit. Er macht den Marsjünger unbere-

Der Skorpion mit dem Aszendenten Zwillinge ist schnell verliebt, bleibt seinem Partner aber nicht immer treu.

chenbar, wobei unterschwellig auch revolutionäre Ideen mitspielen. Der Skorpion mit dem Aszendenten Jungfrau steht in jungen Jahren oft in Opposition zu bestehenden Machtstrukturen. Sobald er aber eingesehen hat, daß er mit dieser Einstellung nicht weiterkommt, wendet er seine ursprüngliche Meinung oftmals ins Gegenteil. In den zwischenmenschlichen Beziehungen ist er unentschlossen, weshalb er am Ende Junggeselle bleiben könnte.

Aszendent Waage macht den Skorpion zum Charmeur, der mit seinem herzlichen Wesen viele Freunde gewinnt. Er wird selbst von mit ihm konkurrierenden Kollegen sehr geschätzt, wobei manche

Eine kulinarische Köstlichkeit, die im Verborgenen wächst, ist der Champignon, der astrologisch zum Skorpion gehört.

gar nicht merken, daß der Skorpion mit dem Aszendenten Waage mit seiner zur Schau gestellten Liebenswürdigkeit nur den Zweck verfolgt, seine berufliche Position zu verbessern. In der Liebe hat dieser Mischtyp große Chancen, weil er sehr zärtlich sein kann. Fällt eine »Festung« nicht auf Anhieb, kann er sie mit diplomatischer Schläue trotzdem schleifen. Leider ist es mit seiner Treue nicht immer gut bestellt.

Aszendent Skorpion läßt den Skorpion oftmals seinen Giftstachel ausfahren und angriffslustig wie sonst niemand sein. Im Beruf wühlt sich der doppelte Skorpion schnell ans strahlende Licht. Er ent-

Der auffällig gezeichnete Feuersalamander gehört zu den Tieren, die astrologisch dem Skorpion zugeordnet werden.

schließt sich schnell, vergißt aber im Übereifer hier und da die sonst stets geübte Vorsicht.

Der Skorpion mit dem Aszendenten Skorpion reagiert vielfach jähzornig, ist aber trotz vehementer Leidenschaft ein recht liebenswerter Mensch. Mit Fanatismus strebt er nach absoluter Wahrheit, was auf die Umwelt nicht immer günstig wirkt.

Aszendent Schütze macht den Skorpion freier im Umgang mit seinen Mitmenschen. Dieser Mischtyp hat im Beruf reelle Aufstiegschancen. Auch im finanziellen Bereich ist er Spitze, da er viel Geld durch sein sprichwörtliches Glück einfahren kann.

Der Skorpion mit dem Aszendenten Schütze arbeitet sehr viel, läßt aber keine Betätigung in Streß ausarten. Er sucht Erholung in der

Beharrlich und zäh steigt ein Skorpion-Geborener auf der Karriereleiter nach oben, ohne sich aus der Ruhe bringen zu lassen.

freien Natur, treibt Sport und wandert viel. In späteren Jahren ist bei ihm eine ausgeprägte Reiselust festzustellen. Neben manch anderem Hobby gehört vor allem die Liebe zu seinem eigentlichen Steckenpferd. Nur mit der Treue hapert's auch bei diesem eigenwilligen Mischtyp gelegentlich ein wenig.

Aszendent Steinbock macht den machtbesessenen Skorpion noch autoritärer und rücksichtsloser. Dafür werden bei dieser Mischung jedoch die Finanzen immer stimmen. Mit letztem Einsatz geht er seinen Weg nach oben; leider sind die intimen Stunden beim Skorpion mit dem Aszendenten Steinbock wegen anderweitiger Verpflichtungen gezählt. Dieser Mischtyp ist verantwortungsbewußt und zu manchem Opfer bereit. Das macht ihn besonders für Menschen liebenswert, die eine ähnliche Philosophie und Einstellung zum Leben haben wie er selbst.

Aszendent Wassermann idealisiert manche gute Eigenschaft des Skorpions. Er verleiht ihm eine soziale Ader und stellt Ideelles über Materielles. Der Skorpion mit dem Aszendenten Wassermann ist wie geschaffen für freie Berufe, in denen er seine Pläne in die Tat umsetzen kann. Er ist für die Freiheit der Persönlichkeit, leider aber in der Liebe sehr eifersüchtig, was manche Beziehung trüben könnte. Da dieser Mischtyp oft sehr in sich gekehrt ist, bleibt er gerne Junggeselle.

Aszendent Fische schenkt dem naturgemäß schweigsamen Skorpion ein Redetalent, durch das er seine Mitmenschen mit Nachdruck von der eigenen Persönlichkeit zu überzeugen sucht. Der Skorpion mit dem Aszendenten Fische ist weniger angriffslustig als seine Sternengeschwister.

Er verdient im Berufsleben das Vertrauen, das man ihm gern entgegenbringt. Freunde findet dieser sympathische Typ nur privat. Er ist in der Liebe mit Gefühl bei der Sache, drängt sich aber keinem auf. Gerade deshalb wird er vom anderen Geschlecht gejagt – und das gefällt ihm durchaus.

Ausgerechnet: der Aszendent

Um Ihren Aszendenten auszurechnen, müssen Sie neben dem Geburtsdatum und dem Geburtsort auch die Minute Ihrer Geburt kennen. Drei Tabellen am Ende dieses Kapitels werden Ihnen bei der Ermittlung Hilfestellung geben.

In Tabelle 1 finden Sie die für Ihren Geburtsort zutreffende Zeitkorrektur (zum Beispiel für Neuss minus 33 Minuten). Steht der Ort nicht in dieser Tabelle, nehmen Sie einfach die Zeitkorrektur der am nächsten gelegenen, hier aufgeführten Stadt. Bei dem Vorzeichen Plus (+) müssen Sie die Minuten zu Ihrer Geburtszeit hinzuzählen, entsprechend bei dem Vorzeichen Minus (–) abziehen.

Zählen Sie nun die in Tabelle 2 für Ihren Geburtstermin angegebene Sternzeit hinzu. Sie beträgt zum Beispiel am 1. November 2 Uhr 40 Minuten.

In einigen Jahren galt in Deutschland und Österreich, nicht aber in der Schweiz die Sommerzeit. Die Skorpion-Jahrgänge 1940 und 1941, sowie die 1942 bis 2. November, 3 Uhr früh im Skorpion-Zeichen Geborenen müssen bei der Berechnung des Aszendenten eine Stunde von dem vorherigen Ergebnis Geburtszeit (vermindert oder vermehrt durch die entsprechende Zeitkorrektur) plus Sternzeit abziehen.

Geht die so gefundene Zahl über 24 Uhr hinaus, muß man 24 Stunden davon abziehen. Die so errechnete Zahl wird in Tabelle 3 unter der für den Geburtsort oder der ihm am nächsten gelegenen Stadt in Tabelle 1 angegebenen Breitengradzahl gesucht. Damit ist der Aszendent des Skorpions ermittelt.

Ein kleines Beispiel mag diese zunächst vielleicht etwas schwierig erscheinende Berechnung erläutern:

Geburtszeit 1. November 1942, 5.10 Uhr in Neuss.

1. Geburtszeit:	5 h 10 min
2. Ortszeit: Korrektur für den Geburtsort Neuss, der bei Düsseldorf liegt (siehe Tabelle 1):	<u>– 0 h 33 min</u>
	4 h 37 min
3. Sternzeit des 1. November wird zur erhaltenen Ortszeit addiert (siehe Tabelle 2):	<u>+ 2 h 40 min</u>
	7 h 17 min
4. Am 1. November 1942 galt die Sommerzeit, also muß eine Stunde abgezogen werden:	<u>– 1 h 00 min</u>
	6 h 17 min
5. Da die Zahl nicht über 24 Uhr hinausgeht, werden keine 24 Stunden abgezogen:	<u>+/– 0 h 00 min</u>
6. Das ergibt die eigentliche Sternzeit:	6 h 17 min

Die Sternzeit des am 1. November 1942, 5.10 Uhr in Neuss am Rhein geborenen Skorpion-Typs ist mithin 6.17 Uhr. Sein Aszendent laut Tabelle 3 beim Breitengrad von Neuss bei Düsseldorf (51°) ist das Tierkreiszeichen *Waage*.

Tabelle 1: Berechnung der Ortszeit

Aachen (51°)	– 36 Min.	Klagenfurt (47°)	– 3 Min.
Augsburg (48°)	– 16 Min.	Koblenz (50°)	– 26 Min.
Baden-Baden (49°)	– 27 Min.	Köln (51°)	– 32 Min.
Bamberg (50°)	– 16 Min.	Königsberg (55°)	+ 22 Min.
Basel (48°)	– 30 Min.	Konstanz (48°)	– 23 Min.
Berlin (53°)	– 6 Min.	Lausanne (46°)	– 33 Min.
Bern (47°)	– 29 Min.	Leipzig (51°)	– 10 Min.
Bielefeld (52°)	– 26 Min.	Lienz (47°)	– 9 Min.
Bonn (51°)	– 31 Min.	Lindau (47°)	– 21 Min.
Braunschweig (52°)	– 18 Min.	Linz/Donau (48°)	– 3 Min.
Bregenz (47°)	– 21 Min.	Lübeck (54°)	– 17 Min.
Bremen (53°)	– 25 Min.	Luxemburg (50°)	– 35 Min.
Breslau (51°)	+ 8 Min.	Luzern (47°)	– 27 Min.
Chemnitz (51°)	– 8 Min.	Magdeburg (52°)	– 13 Min.
Danzig (54°)	+ 15 Min.	Mainz (50°)	– 27 Min.
Donaueschingen (48°)	– 26 Min.	Mannheim (49°)	– 26 Min.
Dortmund (52°)	– 30 Min.	München (48°)	– 14 Min.
Dresden (51°)	– 5 Min.	Münster (52°)	– 30 Min.
Düsseldorf (51°)	– 33 Min.	Nürnberg (49°)	– 16 Min.
Duisburg (51°)	– 33 Min.	Oldenburg (53°)	– 27 Min.
Emmerich (52°)	– 35 Min.	Osnabrück (52°)	– 28 Min.
Essen (51°)	– 32 Min.	Passau (49°)	– 6 Min.
Flensburg (55°)	– 22 Min.	Regensburg (49°)	– 12 Min.
Frankfurt/Main (50°)	– 25 Min.	Rostock (54°)	– 12 Min.
Freiburg/Breisgau (48°)	– 29 Min.	Saarbrücken (49°)	– 32 Min.
Garmisch (47°)	– 16 Min.	Salzburg (48°)	– 8 Min.
Genf (46°)	– 35 Min.	St. Gallen (47°)	– 22 Min.
Göttingen (51°)	– 20 Min.	Straßburg (49°)	– 29 Min.
Graz (47°)	+ 2 Min.	Stuttgart (49°)	– 23 Min.
Halle (52°)	– 12 Min.	Trier (50°)	– 33 Min.
Hamburg (54°)	– 20 Min.	Tübingen (49°)	– 24 Min.
Hannover (52°)	– 21 Min.	Ulm (48°)	– 20 Min.
Heidelberg (49°)	– 25 Min.	Villach (47°)	– 4 Min.
Hof (50°)	– 12 Min.	Weimar (51°)	– 15 Min.
Innsbruck (47°)	– 14 Min.	Westerland/Sylt (55°)	– 27 Min.
Jena (51°)	– 14 Min.	Wien (48°)	+ 6 Min.
Kaiserslautern (49°)	– 29 Min.	Wiesbaden (50°)	– 27 Min.
Karlsruhe (49°)	– 26 Min.	Würzburg (50°)	– 20 Min.
Kassel (51°)	– 22 Min.	Wuppertal (51°)	– 31 Min.
Kiel (54°)	– 20 Min.	Zürich (47°)	– 26 Min.

Tabelle 2: Sternzeit

Tag	Jan. Zeit	Feb. Zeit	März Zeit	April Zeit	Mai Zeit	Juni Zeit	Juli Zeit	Aug. Zeit	Sept. Zeit	Okt. Zeit	Nov. Zeit	Dez. Zeit
1	6.37	8.40	10.34	12.36	14.35	16.37	18.35	20.37	22.39	0.38	2.40	4.38
2	6.41	8.44	10.38	12.40	14.38	16.41	18.39	20.41	22.43	0.42	2.44	4.42
3	6.45	8.48	10.42	12.44	14.42	16.45	18.43	20.45	22.47	0.46	2.48	4.46
4	6.49	8.52	10.46	12.48	14.46	16.49	18.47	20.49	22.51	0.50	2.52	4.49
5	6.53	8.55	10.50	12.52	14.50	16.52	18.51	20.53	22.55	0.54	2.56	4.53
6	6.57	8.59	10.54	12.56	14.54	16.56	18.55	20.57	22.59	0.57	3.00	4.57
7	7.01	9.03	10.58	13.00	14.58	17.00	18.59	21.01	23.03	1.01	3.04	5.01
8	7.05	9.07	11.02	13.04	15.02	17.04	19.03	21.05	23.07	1.05	3.08	5.05
9	7.09	9.11	11.06	13.08	15.06	17.08	19.07	21.09	23.11	1.09	3.11	5.09
10	7.13	9.15	11.10	13.12	15.10	17.12	19.10	21.13	23.15	1.13	3.15	5.13
11	7.17	9.19	11.13	13.16	15.14	17.16	19.14	21.17	23.19	1.17	3.19	5.17
12	7.21	9.23	11.17	13.20	15.18	17.20	19.18	21.21	23.23	1.21	3.23	5.21
13	7.25	9.27	11.21	13.24	15.22	17.24	19.22	21.25	23.27	1.25	3.27	5.25
14	7.29	9.31	11.25	13.27	15.26	17.28	19.26	21.29	23.31	1.29	3.31	5.28
15	7.33	9.35	11.29	13.31	15.30	17.32	19.30	21.32	23.35	1.33	3.35	5.32
16	7.37	9.39	11.33	13.35	15.34	17.36	19.34	21.36	23.39	1.37	3.39	5.36
17	7.41	9.43	11.37	13.39	15.38	17.40	19.38	21.40	23.43	1.41	3.43	5.40
18	7.45	9.47	11.41	13.43	15.42	17.44	19.42	21.44	23.46	1.45	3.47	5.44
19	7.48	9.51	11.45	13.47	15.45	17.48	19.46	21.48	23.50	1.49	3.51	5.48
20	7.52	9.55	11.49	13.51	15.49	17.52	19.50	21.52	23.54	1.53	3.55	5.52
21	7.56	9.59	11.53	13.55	15.53	17.56	19.54	21.56	23.58	1.57	3.59	5.55
22	8.00	10.02	11.57	13.59	15.57	18.00	19.58	22.00	0.02	2.01	4.03	5.59
23	8.04	10.06	12.01	14.03	16.01	18.03	20.02	22.04	0.06	2.04	4.07	6.03
24	8.08	10.10	12.05	14.07	16.05	18.07	20.06	22.08	0.10	2.08	4.11	6.07
25	8.12	10.14	12.09	14.11	16.09	18.11	20.10	22.12	0.14	2.12	4.15	6.11
26	8.16	10.18	12.13	14.15	16.13	18.15	20.14	22.16	0.18	2.16	4.19	6.15
27	8.20	10.22	12.17	14.19	16.17	18.19	20.18	22.20	0.22	2.20	4.22	6.19
28	8.24	10.26	12.20	14.23	16.21	18.23	20.21	22.24	0.26	2.24	4.26	6.22
29	8.28	10.30	12.24	14.27	16.25	18.27	20.25	22.28	0.30	2.28	4.30	6.26
30	8.32		12.28	14.31	16.29	18.31	20.29	22.32	0.34	2.32	4.34	6.30
31	8.36		12.32		16.33		20.33	22.36		2.36		6.34

Tabelle 3: Hier ist Ihr Aszendent

	47° Uhrzeit	48° Uhrzeit	49° Uhrzeit	50° Uhrzeit	51° Uhrzeit
Löwe	0.36– 3.18	0.34– 3.16	0.31– 3.14	0.26– 3.12	0.21– 3.10
Jungfrau	3.19– 6.00	3.17– 6.00	3.15– 6.00	3.13– 6.00	3.11– 6.00
Waage	6.01– 8.41	6.01– 8.43	6.01– 8.45	6.01– 8.47	6.01– 8.49
Skorpion	8.42–11.23	8.44–11.27	8.46–11.31	8.48–11.35	8.50–11.39
Schütze	11.24–13.50	11.28–13.55	11.32–14.00	11.36–14.05	11.40–14.10
Steinbock	13.51–15.41	13.56–15.45	14.01–15.48	14.06–15.52	14.11–15.56
Wassermann	15.42–16.58	15.46–17.00	15.49–17.02	15.53–17.04	15.57–17.06
Fische	16.59–18.00	17.01–18.00	17.03–18.00	17.05–18.00	17.07–18.00
Widder	18.01–19.01	18.01–18.59	18.01–18.57	18.01–18.55	18.01–18.53
Stier	19.02–20.19	19.00–20.15	18.58–20.11	18.56–20.07	18.54–20.03
Zwillinge	20.20–22.10	20.16–22.05	20.12–22.00	20.08–21.55	20.04–21.51
Krebs	22.11– 0.35	22.06– 0.33	22.01– 0.30	21.56– 0.25	21.52– 0.20

	52° Uhrzeit	53° Uhrzeit	54° Uhrzeit	55° Uhrzeit
Löwe	0.16– 3.08	0.13– 3.06	0.08– 3.04	0.05– 3.01
Jungfrau	3.09– 6.00	3.07– 6.00	3.05– 6.00	3.02– 6.00
Waage	6.01– 8.52	6.01– 8.54	6.01– 8.56	6.01– 8.58
Skorpion	8.53–11.43	8.55–11.47	8.57–11.52	8.59–11.57
Schütze	11.44–14.15	11.48–14.20	11.53–14.26	11.58–14.30
Steinbock	14.16–16.01	14.21–16.06	14.27–16.10	14.31–16.14
Wassermann	16.02–17.09	16.07–17.11	16.11–17.14	16.15–17.17
Fische	17.10–18.00	17.12–18.00	17.15–18.00	17.18–18.00
Widder	18.01–18.51	18.01–18.49	18.01–18.46	18.01–18.44
Stier	18.52–19.59	18.50–19.55	18.47–19.50	18.45–19.45
Zwillinge	20.00–21.45	19.56–21.39	19.51–21.33	19.46–21.39
Krebs	21.46– 0.15	21.40– 0.12	21.34– 0.07	21.40– 0.04

Völlig überarbeitete, erweiterte und neugestaltete Ausgabe der zuletzt 1992 erschienenen Reihe »Im Zeichen der Sterne«

ISBN 3 8068 1538 6

Umschlaggestaltung: Bayerl & Ost, Frankfurt am Main
Lektorat: Ingrid Reuter und René Zey
Herstellung: Königsdorfer Verlagsbüro, Frechen
Titelbild: The Image Bank (Francesco Reginato), München
Vorsatz: Michael Wollert, Menden
Nachauflagenredaktion: Winfried Schindler
Fotos: T. Angermayer, Holzkirchen (77); R. Behlert, Haltern (46/47); H. Blanke, Schlangenbad (72); K. Brauner, Biberach (19); dpa, Frankfurt am Main (9); FALKEN Archiv (41, 66, 71); I. Gerlach, Betzdorf/Sieg (4/5); hapo, Wolfersdorf (23); U. Janssen, Emden (53); Keystone Pressedienst, Hamburg (51); K. Köhler Creativstudio, Fischbach (44, 58, 63, 64); A. Krause, Singen (29); S. Layda, Wiesbaden (33); E. Leners, Trier (60/61); W. Matheisl, Deggendorf (17, 24); U. Niehoff, Bienenbüttel (27); E.-R. Noll, Mörfelden-Walldorf (20); Reinhard-Tierfoto, Heiligkreuzsteinach-Eiterbach (37, 38, 49, 57, 67, 76); Silvestris Fotoservice, Kastl/Obb.: Böhm (43); E. Stark, Hemmingen (34, 78); E. Thielscher, Lauchheim (31); D. Wendt, Lauenhagen (68); W. Willner, Moosburg (14); M. Wissing Fotodesigner BFF, Elzach (6/7); Xeniel-Dia/M. Mögle, Stuttgart (55, 75)
Zeichnung und Vignette: Ingrid Schade, Hamburg
Die Ratschläge in diesem Buch sind von dem Autor und vom Verlag sorgfältig erwogen und geprüft, dennoch kann eine Garantie nicht übernommen werden. Eine Haftung des Autors bzw. des Verlags und seiner Beauftragten für Personen-, Sach- und Vermögensschäden ist ausgeschlossen.
Satz: Königsdorfer Verlagsbüro, Frechen
Druck: Ernst Uhl, Radolfzell

817 2635 4453 62